大唐西域記卷第九

三藏法師玄奘奉　詔譯

大總持寺沙門辯機撰

一國

摩揭陀國下

菩提樹東渡尼連禪河大林中有窣堵波其北有池香象侍母處也如來在昔修菩薩行為香象子居北山中遊此池側其母盲冥採藕根汲清水恣行孝養與時推移屬有一人遊林迷路彷徨往來悲號慟哭象子聞而

大唐西域記卷第九

唐三藏法師玄奘奉詔譯

大總持寺沙門辯機撰

一國

摩揭陀國下

菩提樹東渡尼連禪那河大林中有窣堵波其北有池香象侍母處也如來在昔修菩薩行爲香象子居北山中遊此池側其母盲也採藕根汲清水恭行孝養與時推移屬有一人遊林迷路彷徨往來悲號慟哭象子聞而

愍焉導之以示歸路是人既還遂白王曰我知香象遊舍林藪此奇貨也可往捕之王納其言興兵往捕是人前導指象示王即時兩臂墮落若有斬截者其王雖驚此異仍縛象子以歸象子既已維縶多時而不食水草典廄者聞王王遂親問之象子曰我母盲冥累日飢餓令見幽厄詎能甘食王愍其情志故遂放之其側窣堵波前建石柱是昔迦葉波佛於此宴坐其側有過去四佛座及經行遺迹之所四佛座東渡莫訶河至大林中有石

執七 一

桂是外道入定及發惡願處昔有外道鬱頭藍子者志逸煙霞身遺草澤於此法林棲神匿迹既具五神通得第一有定摩揭陀王特深宗敬每至中時請就宮食鬱頭藍子陵虛履空往來無替摩揭陀王候時瞻望亦既至已捧接置座王將出遊欲委留事簡擢中宮無堪承命有少息女淑慎令儀既親且賢無出其右摩揭陀王召而命曰吾方遠遊將有所委爾宜悉心慎終其事彼鬱頭藍仙宿所宗敬時至來飯如我所奉勅誡既已便即巡

覽少女承旨瞻候如儀大仙至已捧而置座鬱頭藍子既觸女人起欲界染退失神通飯訖言歸不得虛遊中心愧耻詭謂女曰吾比修道業入定怡神陵虛往來略無暇景國人願覩聞之久矣然先達垂訓利物爲務豈守獨善忘其兼濟今欲從門而出履地而往使夫覩見之徒咸蒙福利王女聞已宣告遠近是時人以心競灑掃衢路百千萬衆佇望來儀鬱頭藍子步自王宮至彼法林宴坐入定心馳外境棲林則鳥鳥嚶囀臨池乃魚鱉諠

聲情散心亂失神廢定乃生忿恚即發惡願願我當來爲暴惡獸狸身鳥翼搏食生類身廣三千里兩翅各廣千五百里投林噉諸羽族入流食彼水生發願既已忿心漸息勤求頃之復得本定不久命終生第一有天壽八萬劫如來記之天壽畢已當果昔願得此弊身從是流轉惡道未期出離

莫訶河東入大林野行百餘里至屈屈吒播陀山（此言雞足）亦謂寠盧播陀山（此言尊足）高巒峭嶮極深壑洞無涯山麓谿澗喬林羅谷崗岑嶺

嶂繁草被巖峻起三峯傍挺絶崿氣將天接形與雲同其後尊者大迦葉波居中寂滅不敢指言故云尊足摩訶迦葉波者聲聞弟子也得六神通具八解脱如來化縁斯畢垂將涅槃告迦葉波曰我於曠劫勤修苦行爲諸衆生求無上法昔所願期今已果滿我今將欲入大涅槃以諸法藏囑累於汝住持宣布勿有失墜姨母所獻金縷袈裟慈氏成佛留以傳付我遺法中諸修行者若苾芻苾芻尼鄔波索迦（此言近事男舊曰伊蒲塞又曰優婆塞皆訛也）鄔波斯迦

此言近事女舊曰優婆斯又曰優婆夷皆訛也皆先濟渡令離流轉迦葉承旨任持正法結集既已至第二十年厭世無常將入寂滅乃往鷄足山山陰而上屈盤取路至西南岡山峰險阻崖徑盤薄乃以錫杖扣剖之如割山徑既開逐路而進盤

紆曲折迴互針通至于山頂東北面出既入三峯之中捧佛袈裟而立以願力故三峰斂覆故今此山三脊隆起當來慈氏世尊之興世也三會説法之後餘有無量憍慢衆生將登此山至迦葉所慈氏彈指山峰自開彼諸

衆生旣見迦葉更增憍慢時大迦葉授衣致辭禮敬已畢身昇虛空示諸神變化火焚身遂入寂滅時衆瞻仰憍慢心除因而感悟皆證聖果故今山上建窣堵波靜夜遠望或見明炬及有登山遂無所覩

鷄足山東北行百餘里至佛陀伐那山峯崖崇峻巘崿嶾嶙巖間石室佛嘗降止傍有磐石帝釋梵王磨牛頭栴檀塗飾如來今其石上餘香郁烈五百羅漢潛靈於此諸有感遇或得覩見時作沙彌之形入里乞食或隱或

顯靈奇之迹差難以述佛陀伐那山空谷中東行三十餘里至洩瑟知林（此言杖林）林竹脩勁被山滿谷其先有婆羅門聞釋迦佛身長丈六常懷疑惑未之信也乃以丈六竹杖欲量佛身恒於杖端出過丈六如是增高莫能窮

實遂投杖而去因植根焉中有大窣堵波無憂王之所建也如來在昔於此七日爲諸天人現大神通説深妙法杖林中近有鄔波索迦闍耶犀那者（此言勝軍）西印度刹帝利種也志尚夷簡情悅山林迹居幻境心遊真際內外

典籍窮究幽微辭論清高儀範閑雅諸沙門婆羅門外道異學國王大臣長者豪右相趍通謁伏膺請益受業門人十室而六年漸七十躭讀不倦餘藝捐廢唯習佛經策勵身心不捨晝夜印度之法香末爲埿作小窣堵波高五六寸書寫經文以置其中謂之法舍利也數漸盈積建大窣堵波總聚於內常修供養故勝軍之爲業也口則宣說妙法導誘學人手乃作窣堵波式崇勝福夜又經行禮誦宴坐思惟寢食不遑晝夜無怠年百歲矣志

業不衰三十年間凡作七拘胝（此言億）法舍利窣堵波每滿一拘胝建大窣堵波而總置中盛修供養請諸僧衆法會稱慶其時神光燭曜靈異昭彰自兹厥後時放光明

杖林西南十餘里大山陽有二温泉其水甚熱在昔如來化出此水於中浴焉今者尚存清流無減遠近之人皆來就浴沉痾宿疹多有除差其傍則有窣堵波如來經行之處也

杖林東南行六七里至大山横嶺之前有石窣堵波昔如來兩三月爲諸人天於此説法

時頻毗娑羅王欲來聽法乃疏山積石壘階以進廣二十餘步長三四里

大山北三四里有孤山昔廣博仙人棲隱於此鑿崖爲室餘址尚存傳敎門人遺風猶扇

孤山東北四五里有小孤山山壁石室廣袤可坐千餘人矣如來在昔於此三月說法石室上有大磐石帝釋梵王磨牛頭栴檀塗飾佛身石上餘香于今郁烈

石室西南隅有巖岫印度謂之阿素洛舊曰阿脩羅又曰阿須倫又曰阿蘇羅皆訛也宮也往有好事者深閑咒

術顧儔命侶十有四人約契同志入此巖岫行三四十里廓然大明乃見城邑臺觀皆是金銀瑠璃是人至已有諸少女佇立門側歡喜迎接甚加禮遇於是漸進至內城門有二婢使各捧金盤盛滿華香而來迎候謂諸人曰宜就池浴塗冠香華已而後入斯爲美矣唯彼術士宜時速進餘十三人遂即沐浴旣入池已怳若有忘乃坐稻田中去此之北平川中已三四十里矣

石室側有棧道廣十餘步長四五里昔頻毗

娑羅王將往佛所乃斬石通谷跣崖導川或壘石或鑿巖作爲階級以至佛所從此大山中東行六十餘里至矩奢揭羅補羅城此言上茅宮城上茅宮城摩揭陀國之正中古先君王之所都多出勝上吉祥香茅以故謂之上茅城也崇山四周以爲外郭西通峽徑北闢山門東西長南北狹周一百五十餘里內城餘址周三十餘里羯尼迦樹遍諸蹊徑華含殊馥色爛黃金暮春之月林皆金色

宮城北門外有窣堵波是提婆達多與未生

怨王共爲親友乃放護財醉象欲害如來如來指端出五師子醉象於此馴伏而前

伏醉象東北有窣堵波是舍利子聞阿濕婆恃苾芻（此言馬勝）說法證果之處初舍利子在家也高才雅量見重當時門生學徒傳以受業此時將入王舍大城馬勝苾芻亦方乞食時舍利子遙見馬勝謂門生曰彼來者甚庠序不證聖果豈斯調寂宜少佇待觀其進趣馬勝苾芻已證羅漢心得自在容止和雅振錫來儀舍利子曰長老善安樂耶師何人證何

法若此之恱豫乎馬勝謂曰爾不知耶淨飯王太子捨轉輪王位悲愍六趣苦行六年證三菩提具一切智是吾師也夫法者非有非空難用詮叙唯佛與佛乃能究述豈伊愚昧所能詳議因爲頌說稱讚佛法舍利子聞已便獲果證

舍利子證果北不遠有大深坑傍建窣堵波是室利毱多（此言勝密）以火坑毒飯欲害佛處勝密者崇信外道深著邪見諸梵志曰喬答摩國人尊敬遂令我徒無所恃賴汝今可請至

家飯會門穿大坑滿中縱火棧以朽木覆以燥土凡諸飯食皆雜毒藥若免火坑當遭毒食勝密承命便設毒會城中之人皆知勝密於世尊所起惡害心咸皆勸請願佛勿往世尊告曰無得懷憂如來之身物莫能害於是受請而往足履門閫火坑成池清瀾澄鑒蓮華彌漫勝密見已憂惶無措謂其徒曰以術免火尚有毒食世尊飯食已訖爲說妙法勝密聞已謝咎歸依

勝密火坑東北山城之曲有窣堵波是時縛

迦大醫（舊曰耆婆訛也）於此爲佛建說法堂周其壖垣種植華果餘址蘖株尚有遺迹如來在世多於中止其傍復有縛迦故宅餘基舊井墟坎猶存宮城東北行十四五里至姞栗陀羅矩吒山（此言鷲峯亦謂鷲臺舊曰耆闍崛山訛也）接北山之陽孤標特起旣棲鷲鳥又類高臺空翠相映濃淡分色如來御世垂五十年多居此山廣說妙法頻毗娑羅王爲聞法故興發人徒自山麓至峯岑跨谷陵巖編石爲階廣十餘步長五六里中路有二小窣堵波一謂下乘即王至

此徒行以進一謂退凡即簡凡夫不令同往其山頂則東西長南北狹臨崖西垂有甎精舍高廣奇製東闢其戶如來在昔多居說法今作說法之像量等如來之身

精舍東有長石如來經行所履也傍有大石

高丈四五尺周三十餘步是提婆達多遙擲擊佛處也其南崖下有窣堵波在昔如來於此說法華經精舍南山崖側有大石室如來在昔於此入定

佛石室西北石室前有大盤石阿難為魔怖

處也尊者阿難於此入定魔王化作鷲鳥於黑月夜分據其大石奮翼驚鳴以怖尊者尊者是時驚懼無措如來鑒見申手安慰通過石壁摩阿難頂以大慈言而告之曰魔所變化宜無怖懼阿難蒙慰身心安樂石上鳥迹崖中通穴歲月雖久于今尚存精舍側有數石室舍利子等諸大羅漢於此入定舍利子石室前有一大井枯涸無水墟坎猶存精舍東北石澗中有大盤石是如來曬袈裟之處衣文明徹皎如彫刻其傍石上有佛脚迹輪

文雖暗規模可察北山頂有窣堵波是如來
望摩揭陀城於此七日說法山城北門西有
毗布羅山聞之土俗曰山西南崖陰昔有五
百温泉今者數十而已然猶有冷有煖未盡
温也其泉源發雪山之南無熱惱池潛流至
此水甚清美味同本池流經五百枝小熱地

獄火勢上炎致斯温熱泉流之口並皆彫石
或作師子白象之首或作石筒懸流之道下
乃編石爲池諸方異域咸來此浴浴者宿疹
多差温泉左右諸窣堵波及精舍基址鱗次

並是過去四佛座及經行遺迹之所此處旣山水相帶仁智攸居隱淪之士蓋亦多矣溫泉西有畢鉢羅石室世尊在昔恒居其中後壁洞穴是阿素洛宮也習定苾芻多居此室時出怪異龍蛇師子之形見之者心發狂亂然斯勝地靈聖所止躡迹欽風忘其災禍近有苾芻戒行貞潔心樂幽寂欲於此室匿迹習定或有諫曰勿往彼也彼多災異爲害不少旣難取定亦恐喪身宜鑒前事勿貽後悔苾芻曰不然我方志求佛果摧伏天魔若此

之害夫何足言便即振錫而往室焉於是設壇場誦禁呪句日之後穴出少女謂苾芻曰尊者染衣守戒爲含識歸依修慧習定作生靈善導而今居此驚懼我曹如來之教豈若是耶苾芻曰我守淨戒遵聖教也匿迹山谷遠諠離也忽此見讖其咎安在對曰尊者誦呪聲發火從外入燒我居室苦我枝屬唯願悲愍勿復誦呪苾芻曰誦呪護身非欲害物往者行人居此習定期於聖果以濟幽塗覩恠驚懼喪棄身命汝之辜也其何辭乎對曰

罪障旣重智慧斯淺自今已來屛居守分亦願尊者勿誦神呪苾芻於是修定如初安靜無害

毗布羅山上有窣堵波昔者如來說法之處今有露形外道多依此住修習苦行夙夜匪懈自旦至昏旋轉觀察

山城北門左南崖陰東行二三里至大石室昔提婆達多於此入定

石室東不遠盤石上有斑采狀血染傍建窣堵波是習定苾芻自害證果之處昔有苾芻

勤勵心身屏居修定歲月逾遠不證聖果退
而自咎竊復歎曰無學之果終不時證有累
之身徒生何益便就此石自刺其頸是時即
證阿羅漢果上昇虛空示現神變化火焚身
而入寂滅美其雅操建以記功

苾芻證果東石崖上有石窣堵波習定苾芻
投崖證果之處昔在佛世有一苾芻宴坐山
林修證果定精勤已久不得果證晝夜繼念
無忘靜定如來知其根機將發也遂往彼而
成之自竹林園至山崖下彈指而召佇立以

待時此苾芻遙覩聖衆身意勇悦投崖而下猶其淨心敬信佛語未至于地已獲果證世尊告曰宜知是時即昇虛空示現神變用彰淨信故斯封記

山城北門行一里餘至迦蘭陀竹園今有精舍石基甎室東闢其户如來在世多居此中說法開化導凡拯俗今作如來之像量等如來之身初此城中有大長者迦蘭陀時稱豪貴以大竹園施諸外道及見如來聞法淨信追惜竹園居彼異衆今天人師無以館舍時

諸神鬼感其誠心斥逐外道而告之曰長者迦蘭陀當以竹園起佛精舍汝宜速去得免危尼外道憤恚含怒而去長者於此建立精舍功成事畢躬往請佛如來是時遂受其施

迦蘭陀竹園東有窣堵波阿闍多設咄路王此言未生怨舊曰阿闍世訛畧也之所建也如來涅槃之後諸王共分舍利未生怨王得以持歸式遵崇建而修供養無憂王之發信心也開取舍利建窣堵波尚有遺餘時燭光景

未生怨王窣堵波側窣堵波有尊者阿難半

音釋

彷徨彷步光切徨胡光切彷徨不安貌　麓盧谷切　巘崿巘語偃切
山峯也崿五各切崖也　嶾嶙嶾於謹切嶙良忍切嶾嶙山高貌　袤莫候
切南北曰袤　棧士限切閣木爲路也　墟坎墟去魚切空也坎苦感切陷也
鑰以灼切闗下牡也　涸下各切乾竭　剞劂剞居宜切劂居月切剞劂
曲刀也　赫奕赫呼格切奕羊益切赫奕明盛貌

此東入山林中行百餘里至洛般膩羅聚落
伽藍前有大窣堵波無憂王之所建佛昔於
此三月說法此北二三里有大池周三十餘
里四色蓮華四時開發從此東入大山林中
行二百餘里至伊爛拏鉢伐多國中印度境

大唐西域記卷第九

大唐西域記卷第九

行二百餘里至伊爛拏鉢伐多國中印度境

置四色蓮華四時開發從此東入大山林中

此三月說法北二三里有大池周三十餘

伽藍前有大窣堵波無憂王之所建也昔佛

此東入山林中行百餘里至洛般膩羅聚落

王深感慶圖以營求既至此山實唯肖似因
建精舍興諸供養自後諸王尚想遺風遂於
其側建立精舍靈廟香華妓樂供養不絶
孤山觀自在菩薩像東南行四十餘里至一
伽藍僧徒五十餘人並學小乘法教伽藍前

有大窣堵波多有靈異佛昔於此爲梵天王
等七日說法其側則有過去三佛座及經行
遺迹之所伽藍東北行七十餘里殑伽河南
至大聚落人民殷盛有數天祠並窮雕飾東
南不遠有大窣堵波佛昔於此一宿說法從

名所建爲鴿伽藍舍利五色而葬其下
迦布德伽藍南二三里至孤山其山崇峻樹
林鬱茂名華清流被崖注壑上多精舍靈廟
頗極歆劂之工正中精舍有觀自在菩薩像
軀量雖小威神感肅手執蓮華頂戴佛像常
有數人斷食要心求見菩薩七日二七日乃
至一月其有感者見觀自在菩薩妙相莊嚴
威光赫奕從像中出慰喻其人昔南海僧伽
羅國王清旦以鏡照面不見其身乃覩瞻部
洲摩揭陀國多羅林中小山上有此菩薩像

迦布德迦（此言鴿）伽藍僧徒二百餘人學說一
切有部伽藍東有窣堵波無憂王之所建也
昔佛於此爲諸大衆一宿說法佛說法時有
羅者於此林中網捕羽族經日不獲遂作是
言我惟薄福恒爲弊事來至佛所揚言唱曰

今日如來於此說法令我網捕都無所得妻
孥飢餓其計安出如來告曰汝應蘊火當與
汝食如來是時化作大鴿投火而死羅者持
歸妻孥共食其後重往佛所如來方便攝化
羅者聞法悔過自新捨家修學便證聖果因

伽藍遵而不墜其後三淨求不時獲有苾芻經行忽見羣鴈飛翔戲言曰今日衆僧中食不充摩訶薩埵宜知是時言聲未絶一鴈退飛當其僧前投身自殞苾芻見已具白衆僧聞者悲感咸相謂曰如來設法導誘隨機我等守愚遵行漸教大乘者正理也宜改先執務從聖旨此鴈垂誡爲誠明導宜旌厚德傳記終古於是建窣堵波式昭遺烈以彼死鴈瘗其下焉

因陀羅勢羅窶訶山東北行百五六十里至

杳冥華林蓊鬱嶺有兩峯岌然特起西峯南
巖間有大石室廣而不高昔如來嘗於中止
時天帝釋以四十二疑事畫石請問佛爲演
釋其迹猶在今作此像擬昔聖儀入中禮敬
者莫不肅然敬懼山嶺上有過去四佛座及
經行遺迹之所執七東峯上有伽藍聞二十六諸士俗曰
其中僧衆或於夜分望見西峯石室佛像前
每有燈炬常爲照燭因陀羅勢羅窶訶山東
峯伽藍前有窣堵波謂亘娑此言鴈昔此伽藍
習翫小乘小乘漸教也故開三淨之食而此

忍見佛入般涅槃遂請世尊先入寂滅世尊
告曰宜知是時告謝門人至本生里侍者沙
彌遍告城邑未生怨王及其國人莫不風馳
皆悉雲會舍利子廣爲說法聞已而去於後
夜分正意繫心入滅盡定從定起已而寂滅
馬迦羅臂拏迦邑東南四五里有窣堵波是
尊者舍利子門人入涅槃處或曰迦葉波佛
在世時有三拘胝（此言億）大阿羅漢同於此地
無餘寂滅舍利子門人窣堵波東行三十餘
里至因陀羅勢羅窶訶山（此言帝釋窟）其山巖谷

曰汝師是誰曰釋種太子猒世出家成等正覺是我師也舍利子曰所説何法可得聞乎曰我初受教未達深義舍利子曰願説所聞馬勝乃隨宜演説舍利聞已即證初果遂與其徒二百五十人往詣佛所世尊遥見指告衆曰我弟子中智慧第一至已頂禮願從佛法世尊告曰善來苾芻聞是語時戒品具足過半月後聞佛爲長爪梵志説法聞餘論而感悟遂證羅漢之果其後阿難承佛告寂滅期展轉相語各懷悲感舍利子深增戀仰不

退立一山之下夫曰夢甚善汝當生男達學貫世羅諸論師破其宗致唯不如一人爲作弟子果而有娠母忽聰明高論劇談言無屈滯尊者年始八歲名擅四方其性淳質其心慈悲朽壞結縛成就智慧與没特伽羅子少而相友深猒塵俗未有所歸於是與没特伽羅子於珊闍耶外道所而修習焉乃相謂曰斯非究竟之理未能窮苦際也各求明導先甞甘露必同其味時大阿羅漢馬勝執持應器入城乞食舍利子見其威儀閑雅即而問

離子於刪闍耶外道所居修習處乃相語曰
得非究竟之理未能窮苦際也吾求明導者
言甘露法同其和時大阿羅漢馬勝執持應
器入城乞食舍利子見其威儀閑雅即而問

虛離地四指在大衆中前導佛路時摩揭陀
國頻毗娑羅王與其國内諸婆羅門長者居
士百千萬衆前後導從出王舍城奉迎聖衆
頻毗娑羅王迎佛東南行二十餘里至迦羅
臂拏迦邑中有窣堵波無憂王之所建也是
執七 二十四
尊者舍利子本生故里井今尚在傍有窣堵
波尊者於此寂滅其中則有遺身舍利尊者
大婆羅門種其父高才博識深鑑精微凡諸
典籍莫不究習其妻感夢具告夫曰吾昨宵
寐夢感異人身被鎧甲手執金剛摧破諸山

足第一既至佛所請入法中世尊告曰善來
苾芻淨修梵行得離苦際聞是語時鬚髮落
俗裳變戒品清淨威儀調順經七日結漏盡
證羅漢果得神通力没特伽羅子故里東行
三四里有窣堵波頻毗娑羅王迎見佛處如
來初證佛果知摩揭陀國人心渴仰受頻毗
娑羅王請於晨朝時著衣持鉢與千苾芻左
右圍繞皆是耆舊螺髻梵志慕法染衣前後
翼從入王舍城時帝釋天王變身爲摩那婆
首冠螺髻左手執金瓶右手持寶杖足蹈空

有[illegible]羅善土十乾金[illegible]古手寶林寺[illegible]
真旅入王舍城時帝釋天王發[illegible]十[illegible]支
右圓覺白衣善書[illegible]善書[illegible]本[illegible]校
安羅王請分身朝[illegible]天書本[illegible]千逆[illegible]古
東初發佛果[illegible]國人心法[illegible]文[illegible]
三四里有羊落波[illegible]安羅王迎見佛[illegible]
諸羅漢果[illegible]力[illegible]于[illegible]是東行
佛[illegible]信[illegible]于白[illegible]盡
道路[illegible]行[illegible]
又第一佛至[illegible]入[illegible]日[illegible]來

行八九里至拘理迦邑中有窣堵波無憂王
之所建也是尊者沒特伽羅子本生故里傍
有窣堵波尊者於此入無餘涅槃其中則有
遺身舍利尊者大婆羅門種與舍利子少爲
親友舍利子以才明見貴尊者以精鑒延譽
才智相比動止執七必俱結要終始契二十三同去就相
與猒俗共求捨家遂師珊闍耶焉舍利子遇
馬勝阿羅漢聞法悟聖還爲尊者重述聞而
悟法遂證初果與其徒二百五十人俱到佛
所世尊遙見指告衆曰彼來者我弟子中神

一十丈而後成之次東二百餘步垣外有銅
立佛像高八十餘尺重閣六層乃得彌覆昔
滿冑王之所作也滿冑王銅佛像北二三里
甎精舍中有多羅菩薩像其量旣高其靈甚
察每歲元日盛興供養隣境國王大臣豪族
齎妙香華持寶旛蓋金石遞奏絲竹相和七
日之中建斯法會其垣南門內有大井昔佛
在世有大商侶熱渴逼迫來至佛所世尊指
其地以可得水商主乃以車軸築地地旣爲
陷水遂泉涌飲已聞法皆悟聖果伽藍西南

柢歲月雖久初無增減次東大精舍高二百
餘尺如來在昔於此四月說諸妙法次北百
餘步精舍中有觀自在菩薩像淨信之徒興
供養者所見不同莫定其所或立門側或出
簷前諸國法俗咸來供養觀自在菩薩精舍

北有大精舍高三百餘尺婆羅阿迭多王之
所建也莊嚴度量及中佛像同菩提樹下大
精舍其東北窣堵波在昔如來於此七日演
說妙法西北則有過去四佛坐處其南鍮鉐
精舍戒日王之所建立功雖未畢然其圖量

證今其發願求轉輪王於當來世必受此報
身體投地下至金輪其中所有微塵之數一
一塵是一輪王報也旣耽世樂聖果斯遠其
南則有觀自在菩薩立像或見執香鑪徃佛
精舍周旋右繞
觀自在菩薩像南窣堵波中有如來三月之
間剃剪髮爪有嬰疾病旋繞多愈其西垣外
池側窣堵波是外道執雀於此問佛死生之
事次東南垣內五十餘步有奇樹高八九十
尺其榦兩枝在昔如來嚼楊枝棄地因植根

月則風鑒明敏戒賢乃至德幽邃若此上人
衆所知識德隆先達學貫舊章述作論釋各
十數部並盛流通見珍當世伽藍四周聖迹
百數舉其二三可略言矣
伽藍西不遠有精舍在昔如來三月止此爲
孰七 二十一
諸天人廣說妙法次南百餘步小窣堵波遠
方苾芻見佛處昔有苾芻自遠方來至此遇
見如來聖衆內發敬心五體投地即發願求
輪王位如來見已告諸衆曰彼苾芻者甚可
愍惜福德深遠信心堅固若求佛果不久當

則焉請益談玄渴日不足夙夜警誡少長相
成其有不談三藏幽旨者則形影自愧矣故
異域學人欲馳聲問咸來稽疑方流雅譽是
以竊名而遊咸得禮重殊方異域欲入談議
門者詰難多屈而還學深今古乃得入焉於
是客遊後進詳論藝能其退飛者固十七八
矣二三博物衆中次詰莫不挫其鋭頽其名
若其高才博物强識多能明德哲人聯暉繼
軌至如護法護月振芳塵於遺教德慧堅慧
流雅譽於當時光友之清論勝友之高談智

往白僧自述情事於是衆僧和合令未受戒
者以年齒爲次故此伽藍獨有斯制其王之
子伐闍羅（此言金剛）嗣位之後信心貞固復於此
西建立伽藍其後中印度王於此北復建大
伽藍於是周垣峻峙同爲一門既歷代君王
繼世興建窮諸剞（執七）劂誠壯觀也帝（二十）曰王本伽
藍者今置佛像衆中日差四十僧就此而食
以報施主之恩僧徒數千並俊才高學也德
重當時聲馳異域者數百餘矣戒行清白律
儀淳粹僧有嚴制衆咸貞素印度諸國皆仰

藍婆羅阿迭多（此言幻日）王之嗣位也次此東北

又建伽藍功成事畢福會稱慶輸誠幽顯延

請凡聖其會也五印度僧萬里雲集衆坐已

定二僧後至引上第三重閣或有問曰王將

設會先請凡聖大德何方最後而至曰我至

那國也和尚嬰疹飯已方行受王遠請故來

赴會聞者驚駭遽以白王王心知聖也躬往

問焉遲上重閣莫知所去王更深信捨國出

家出家既已位居僧末心常怏怏懷不自安

我昔爲王尊居最上今者出家卑在衆末尋

園五百商人以十億金錢買以施佛佛於此
處三月說法諸商人等亦證聖果佛涅槃後
未久此國先王鑠迦羅阿逸多(此言帝日)敬重一
乘遵崇三寶式占福地建此伽藍初興功也
穿傷龍身時有善占尼乾外道見而記曰斯
勝地也建立伽(孰七)藍當必昌盛爲五(十九)印度之軌
則踰千載而彌隆後進學人易以成業然多
歐血傷龍故也其子佛陀毱多王(此言覺護)繼體
承統聿遵勝業次此之南又建伽藍呾他揭
多毱多王(此言如來)篤修前緒次此之東又建伽

宮城西南隅有二小伽藍諸國客僧往來此
止是佛昔日說法之所次此西北有窣堵波
殊底色加此言星歷舊曰樹提伽訛也長者本生故里
城南門外道左有窣堵波如來於此說法及
度羅怙羅從此北行三十餘里至那爛陀此言
施無猒僧伽藍聞之耆舊曰此伽藍南菴沒羅
林中有池其龍名那爛陀傍建伽藍因取爲
稱從其實義是如來在昔修菩薩行爲大國
王建都此地悲愍衆生好樂周給美其德號
施無猒由是伽藍因以爲稱其地本菴沒羅

令遷於彼同夫棄屍旣恥陋居當自謹護王曰善宜遍宣告居人頃之王宮中先自失火謂諸臣曰我其遷矣乃命太子監攝留事欲清國憲故遷居焉時吠舍釐王聞頻毗娑羅王野處寒林整集戎旅欲襲不虞邊候以聞乃建城邑以王先舍於此故稱王舍城也官屬士庶咸徙家焉或云至未生怨王乃築此城未生怨太子旣嗣王位因遂都之逮無憂王遷都波吒釐城以王舍城施婆羅門故令城中無復凡民唯婆羅門減千家耳

石柱東北不遠至曷羅闍姞利呬城（此言王舍）外郭已壞無復遺堵内城雖毀基址猶峻周二十餘里面有一門初頻毗娑羅王都在上茆宮城也編户之家頻遭火害一家縱逸四隣罹災防火不暇資産廢業衆庶嗟怨不安其居王曰我以無德下民罹患修何福德可以禳之羣臣曰大王德化雍穆政教明察令兹細民不謹致此火災宜制嚴科以清後犯若有火起窮究先發罰其首惡遷之寒林寒林者棄屍之所俗謂不祥之地人絶遊往之迹

來至此更相謂曰如來在世同一師學法王寂滅簡異我曹欲報佛恩當集法藏於是凡聖咸會愚智畢萃復集素呾纜藏毗奈耶藏阿毗達磨藏雜集藏禁呪藏別爲五藏而此結集凡聖同會因而謂之大衆部

執七 十七

竹林精舍北行二百餘步至迦蘭陀池如來在世多此說法水既清澄具八功德佛涅槃後枯涸無餘迦蘭陀池西北行二三里有窣堵波無憂王所建也高六十餘尺傍有石柱刻記立窣堵波事高五十餘尺上作象形

聽阿難聞持如來稱讚集素呾纜（舊曰修多羅訛也）藏優波釐持律明究衆所知識集毗奈耶（舊曰毗那耶訛也）藏我迦葉波集阿毗達磨藏兩三月盡集三藏訖以大迦葉僧中上座因而謂之上座部焉

大迦葉波結集西北有窣堵波是阿難受僧訶責不預結集至此宴坐證羅漢果證果之後方乃預焉阿難證果西行二十餘里有窣堵波無憂王之所建也大衆部結集之處諸學無學數百千人不預大迦葉結集之衆而

難在學地大迦葉召而謂曰汝未盡漏宜出聖衆曰隨侍如來多歷年所每有法議曾未棄遺今將結集而見擯斥法王寂滅失所依怙迦葉告曰勿懷憂惱汝親侍佛誠復多聞然愛惑未盡習結未斷阿難辭屈而出至空

寂處欲取無學勤求不證既已疲怠便欲假寐未及伏枕遂證羅漢徃結集所叩門白至迦葉問曰汝結盡耶宜運神通非門而入阿難承命從鑰隙入禮僧已畢退而復坐是時安居初十五日也於是迦葉揚言曰念哉諦

王去世人天無導諸大羅漢亦取滅度時大迦葉作是思惟承順佛教宜集法藏於是登蘇迷盧山擊大揵椎唱如是言今王舍城將有法事諸證果人宜時速集揵椎聲中傳迦葉教遍至三千大千世界得神通者聞皆集會是時迦葉告諸衆曰如來寂滅世界空虛當集法藏用報佛恩今將集法務從簡靜豈特羣居不成勝業其有具三明得六神通聞侍不謬辯才無礙如斯上人可應結集自餘果學各歸其居於是得九百九十九人除阿

地震曰是何祥變若此之異以天眼觀見佛
世尊於雙林間入般涅槃尋命徒屬趣拘尸
城路逢梵志手執天華迦葉問曰汝從何來
知我大師今在何處梵志對曰我適從彼拘
尸城來見汝大師已入涅槃天人大衆咸興

供養我所持華自彼得也迦葉聞已謂其徒
曰慧日淪照世界暗冥善導遐棄衆生顛墜
懈怠苾芻更相賀曰如來寂滅我曹安樂若
有所犯誰能訶制迦葉聞已深更感傷思集
法藏據教治犯遂至雙樹觀佛禮敬既而法

身舍利音尊者將寂滅也去摩揭陀國趣吠
舍釐城兩國交爭欲興兵甲尊者傷愍遂分
其身摩揭陀王奉歸供養即斯勝地式修崇
建其傍則有如來經行之處次此不遠有窣
堵波是舍利子及沒特伽羅子等安居之所
竹林園西南行五六里南山之陰大竹林中
有大石室是尊者摩訶迦葉波於此與九百
九十九大阿羅漢以如來涅槃後結集三藏
前有故基未生怨王爲集法藏諸大羅漢建
此堂宇初大迦葉宴坐山林忽燭光明又覩

